지은이 요시모토 바나나 よしもと

요시모토 바나나는 1987년 데뷔한 이래 '가이엔 신인 문학상', '이즈미 교카상', '야마모토 슈고로상', '카프리상' 등의 여러 문학상을 수상하면서 일본 현대 문학의 대표적인 작가로 꼽히고 있다. 특히 1988년에 출간된 『키친』은 지금까지 500만 부가 넘게 판매되었으며, 미국, 독일, 프랑스, 이탈리아, 스페인 등 전 세계 30여 개국에서 번역되어 바나나에게 세계적인 명성을 안겨 주었다. 열대 지방에서만 피는 붉은 바나나 꽃을 좋아하여 '바나나'라는 성별 불명, 국적 불명의 필명을 생각해 냈다고 하는 그는 일본뿐 아니라 전 세계에 수많은 열성적인 팬들을 두고 있다. "우리 삶에 조금이라도 구원이 되어 준다면, 그것이 바로 가장 좋은 문학"이라는 요시모토 바나나의 작품은, 이 시대를 함께 살아왔고 또 살아간다는 동질감만 있으면 누구라도 쉽게 빠져들 수 있기 때문이다. 국내에는 『키친』, 『하치의 마지막 연인』, 『암리타』, 『하드보일드 하드럭』, 『아르헨티나 할머니』, 『데이지의 인생』, 『그녀에 대하여』, 『안녕 시모키타자와』, 『막다른 골목의 추억』, 『사우스포인트의 연인』, 『도토리 자매』, 『스위트 히어애프터』, 『N.P』, 『어른이 된다는 것』, 『바다의 뚜껑』, 『여행 아닌 여행기』, 『서커스 나이트』, 『주주』, 『새들』, 『시모키타자와에 대하여』 등이 출간, 소개되었다.

그린이 수피 탕 Soupy Tang

작가이자 화가. 어렸을 때부터 일러스트와 그림 그리기를 좋아해, 고등학교와 대학교에서 전문적으로 공부했다. 에든버러 아트 대학 재학 중 'Relaxing Together'에서 데뷔해 전업 일러스트레이터가 되었다. 지역, 문화, 일상을 관찰해서 그린 그녀의 다양한 작품은 보편적이면서도 추상적인 표현을 구현하고 있다. 여행을 좋아해서 조그만 슈트 케이스를 들고 어디든 떠나는 반면, 따끈한 차 한 잔을 마시며 푸근하게 쉬는 시간도 좋아한다. 작품으로 『Living & Making with Soupy』, 『Twining x Soupy Tang – A History of British Tea』, 『Around the World In 19 Kitchens』, 『Pickle!』이 있다.

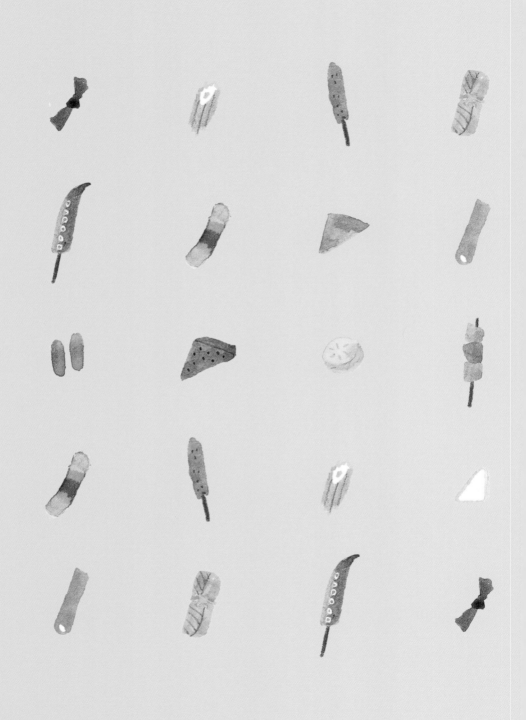

애틋하고
행복한
타피오카의 꿈

애틋하고
행복한
타피오카의 꿈

요시모토 바나나 지음

수피 탕 그림

김난주 옮김

민음사

사랑하는 사람과 식사할 때면 가족과 편안히 식사할 때와 정반대로 언제나 조금 긴장한다. 그래서 좋기도 하다.

　그 후의 농밀한 시간을 어렴풋 기대하고 있으니까, 둘만의 시간으로 다가가는 한 걸음 한 걸음을 새기고 있으니까.

　스릴을 좋아하는 사람이라면, 사랑하는 사람 또는 그렇게 될 가능성이 있는 이성과 함께하는 식사를 가장 좋아하리라.

　아쉽게도, 나는 옛날부터 그렇지 못했다.

　마주 앉자마자 '내가 왜 알지도 못하는 사람과 밥을 먹고 있는 거지, 빨리 집에 가서 쉬고 싶네.' 하고만 생각했다. 그러니 인기가 있을 수 없다.

사랑하는 사람과 식사하는 시간이 점차 부담 없고 편안한 시간으로 변해 갈 때, 그 긴장감도 덩달아 줄어들면서 상대는 둘도 없이 소중한 존재가 된다. 요컨대 가족이 되어 간다는 것.

가족이 된 이성의 집을 찾아간다.

물론 처음에는 낯선 집이라서 좌불안석이다. 모든 습관이 다르다. 자신과 함께 있을 때보다 느긋하게 풀어진 상대를 보면 위화감이 느껴지고 서운하다. 나보다 어머니에게 살갑게 구는 그가 얄미워진다.

하지만 그렇게 어색해하면서도 가끔이나마 몇 년을 계속 찾아가다 보면, 어느 날에는 그가 없어도 그 집에서 밥을 먹을 수 있게 된다.

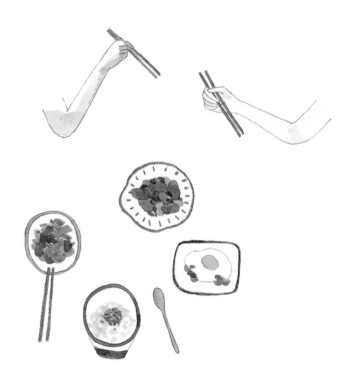

시간이 어느샌가 또 하나의 내 집인 것처럼 만들어 준다. 바꿔 말해서, 그렇게 되면 결혼이든 동거든 잘 풀린다. 성가시고 힘들지만 또 다른 가족을 얻게 된다.

젊은 시절에는 언제나 평생을 함께할 이성을 찾고 있으니 연애에 무게를 두는 것은 당연한 일이다. 눈앞이 아찔하고 애틋한 마음, 온 세상이 사랑으로 물든 것처럼 보이는 절절함, 그것은 아주 멋진 감각이다.

그것은 상대가 바뀌어도 똑같이 찾아오는 감각이라, 인생에서 실은 그다지 중요하지 않다. 교통사고나 열병으로 분류해도 좋을 정도다.

사랑이란 자신이 그리는 이상적인 그림에 스스로 푹 빠진 상태와 다름없으니, 사실은 언제까지고 끝이 없다.

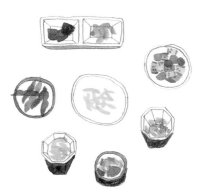

그러나 타인과 가족이 되어 가는 시간은 그와 달라서 모든 것을 숙성시킨다.

　　결혼이라는 형식이 아니라도 상관없다. 아이가 있든 없든 그렇다. 어떤 사람이 자신에게 녹아들어, 섹슈얼한 감정은 줄었어도 다른 친근감을 넘치게 느낄 수 있다면. 오래 사용한 담요처럼 포근한 '사랑'을 얻었다면.

　　시간이란 마치 맛이 잘 든 장아찌나 소화에 좋은 요구르트처럼 우리들의 관계를 발효시켜, 사람과 사람을 가족으로 맺어 준다.

　　그 불가사의함이야말로, 사랑보다 더 큰 인생의 신비함이 아닐까.

사람 사이의 끈은 어떻게 형성되는 것일까.

누군가를 만나고, 서로를 반려로 결정하고, 아이를 낳는다.

미래에는 그런 과정조차 필요치 않을지도 모른다.

연애는 연애, 끝나면 끝. 그리고 다음 만남을 찾을 뿐. 공백이 있어도 그동안에는 형제나 친구들과 즐겁게 지내면 그만이고, 도시에는 즐길 거리가 얼마든지 있다.

나이가 들면 아이를 가지지 않을 가능성이 커지지만, 친구들과 서로 도우며 살아갈 수 있다. 머리가 어떻게 될 듯한 슬픔이나 몸서리쳐지는 절망, 고민될 만큼의 가난은 모르지만, 아무튼 살아간다. 시대가 그렇게 바뀌어 갈지도 모른다.

하지만 그렇게 안정적으로 보이는 인생에도 어느 날 불쑥 예기치 않은 일이 생길 가능성은 있다. 어제와 똑같은 마음으로 오늘을 맞는 일은 절대 없고, 큰 변화는 언제라도 찾아올 수 있다.

　멋진 일이든 슬픈 일이든, 마치 재해처럼 강력한 힘으로 찾아와 인생의 흐름을 뒤집어 놓을 수 있다. 너무 강력하게 멋진 것은 거의 슬픔과 비슷할 정도로 힘겨운 일일지도 모른다. 하지만 그런 것이야말로 인생이고, 우리가 살아 있는 존재라는 증거다.

내가 어렸을 때.

우리 엄마는 줄곧 병을 앓아 아버지가 가족의 식사를 준비했다. 아버지는 조금이라도 틈이 생기면 자신의 연구를 하고 싶어 했는데, 일을 하며 가족을 부양했으니 매일 끼니를 준비하는 일이 고통스러웠을 것이다. 그러나 나와 언니는 아직 어리고, 누군가는 밥을 지어야 했다.

그래서 아버지는 근처에 있는 시장으로 반찬을 사러 가곤 했다.

아버지가 장바구니를 들고 산책 삼아 집에서 이십 분 정도 떨어진 시장으로 걸어가는 모습이 사진으로 여러 장 남아 있다. 옛날 사람인데 그런 모습을 조금도 수치스러워하지 않는 듯했다. 기분 전환도 되고, 출출한 저녁 시간에 먹고 싶은 걸 사서 그 자리에서 먹을 수도 있고, 시장 안에 있는 서점에 들를 수도 있다. 무엇보다 늘 바빴던 아버지의 유일한 운동이 그 산책이었기 때문에 오히려 즐거워 보였다. 나도 간혹 그 산책길에 따라나섰다.

시간이 없는데 무나 배추 등 커다란 뿌리채소를 살 때면 택시를 타고 집에 돌아갔다. 시장에서 집까지는 딱 기본요금 거리였다. 식품을 한 아름 껴안은 아버지와 함께 택시를 타던 때 기분을 지금도 기억하고 있다.

늘 오가는 거리, 조금 전까지 걸었던 길을 택시가 씽씽 달려간다. 그런 때 바라보는 고향 동네의 복작복작한 거리 모습을 무척 좋아했다.

시장에서는 감자 크로켓, 커틀릿, 콩조림, 비지, 톳, 닭고기 다짐육 꼬치 등의 반찬을 팔았다. 아버지는 반찬으로 늘 그런 걸 골랐다. 그래서 내 마음속의 손맛, 맛의 고향은 그 시장의 반찬이다. 그 가게들이 없어져 팔지 않으니, 두 번 다시 먹을 수도 없다.

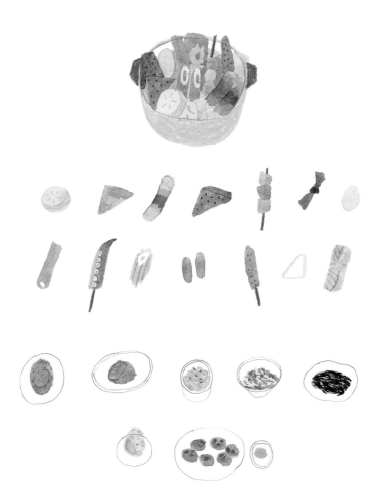

어묵만 전문으로 파는 가게도 있었다. 그곳에서 산 어묵과 왜인지 감자가 든 어묵탕도 식탁에 자주 등장했다. 간토 지방에는 밀가루를 되게 반죽해서 만드는 '치쿠와부'가 있다. 봉 어묵처럼 생겼지만, 일종의 면이라서 우동 국수 대신 먹는다. 나는 '치쿠와부'를 무척 좋아했는데, 다른 지방에서는 본 적이 없다.

시장 한가운데 찻집도 있었다. 찻잎을 덖는 기계가 있어, 그 기계가 가동 중일 때는 온 시장에 차향이 그윽했다. 그 향도 내 유년 시절을 상징하는 좋은 추억이다.

아버지가 당신 손으로 만든 음식은 대개 맛이 진하고 기름졌다. 게다가 재료를 남기고 싶지 않은 탓에, 음식이 달라도 내용물은 거의 똑같았다. 남은 재료를 다음 날 요리조리 활용할 틈이 없었던 것이라고 생각한다.

예를 들면 시금치. 시금치나물, 시금치와 고기 버터 볶음, 그 옆에는 시금치 된장국, 시금치 계란 볶음…… 등 온통 시금치를 남기지 않기 위한 메뉴였다.

같은 메뉴를 계속해 만드는 것도 아버지 주특기였다. 생각하기가 귀찮고, 또 그 맛에 빠졌던 것이리라.

치즈와 버터와 햄을 넉넉하게 끼운 버터 롤을 알루미늄 포일로 싸서 오븐 토스터에 구운 빵.

깜짝 놀라리만큼 많은 양의 버터와 덜 익은 계란이 든 오믈렛.

그런 음식이 열 번 정도 계속 점심 식탁에 올랐던 기억이 있다.

아버지는 얼마나 버터를 좋아했던 것일까?

고도 성장기의 일본에서 유행한 '일본의 양식'에는 버터가 많이 사용되었으니, 아버지는 그런 음식을 선망했는지도 모르겠다.

그래서 나에게 또 다른 '손맛', '맛의 고향'은 뜨끈한 버터 맛이다.

아버지가 만든 된장국은 맛이 엄청 진했다.

"이거 된장국이 아니라 완전 된장 절임이네!"

우리 집에 놀러 온 친구가 그렇게 말하며 웃곤 했다.

먹기가 괴로울 정도로 된장 맛이 진했다.

그래서 나는 된장은 적게, 다시 국물은 넉넉하게 된장
국을 끓이게 되었다.

그런데도 가끔 아버지가 만든 진한 된장국이 먹고 싶
을 때가 있다. 특히 채 썬 무가 든 된장국을.

무는 이렇게 자르는 거야, 하며 아버지가 가르쳐 준 기억도 있다.

아버지의 어머니, 나의 할머니도 무를 그렇게 잘랐으리라.

나는 반원 형태로 무를 자르는데(편하니까), 가끔 아버지가 떠오르면 무를 길쭉하게 채 썬다.

그런 때, 된장을 조금 넉넉히 넣어 맛을 진하게 하고는 옛날을 그리워한다.

늘 사용하는 애장의 된장이 아니라 슈퍼마켓에서 사 온 값싼 된장에, 다시마와 마른 멸치로 국물을 내는 대신 아버지가 사용하던 인스턴트 양념으로 간을 해서 아버지의 맛을 재현하면, 아버지가 식사를 준비하던 때의 곤혹스러움마저 그립게 전해지는 듯하다.

지금 우리 아이는 이미 내 품에 안기지 않는다. 같이 자는 일도 없다. 혼자서 자고 일어나 나가고, 친구와 밖에서 밥을 먹기도 한다.

자신이 좋아하는 일이 있고, 세계가 있고, 시간 활용법도 있다.

아이가 갓 태어났을 때, 나는 태어나서 처음 고독을 느끼지 않는 매일을 보낼 수 있었다.

오래도록 쌓여 온 사랑에 대한 나의 갈증은 완전히 해소되었다. 연애에서 스릴을 추구하지 않았던 나는, 사랑하는 어떤 사람과 함께여도 외로웠다. 몇 시간 후면 따로 각자의 집에 돌아가는 관계가 늘 허망했다. 누군가가 언제나 함께 있어 주기를 바랐다. 어른이 되어서 그런 사람은 없다는 것을 알았고, 살든 죽든 자신의 인생은 혼자의 몫, 제발로 뚜벅뚜벅 걸어가지 않으면 안 된다는 것도 알았다.

그런데도 역시 기뻤다. 나만을 사랑하고, 언제나 봐주는 아이라는 존재는 나를 뼛속까지 바꿔 놓았다. 이렇게 같이 있어도 사람은 혼자다, 하지만 같이 있을 수 있어 기쁘다. 그렇게 생각했다.

내 시간 거의 전부를 바쳐 함께 있었기에, 지금 떠나가는 그를 당당히 응원할 수 있는 것이리라.

그럼에도 그날들에만 꿀 수 있었던 꿈을 나는 잊지 못한다.

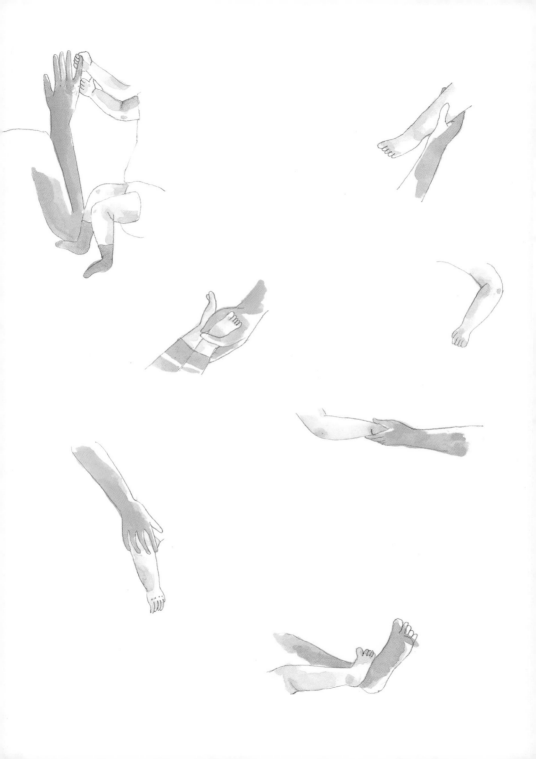

처음 갓난아기가 옆에서 잠들었던 날, 어제까지 없었던 귀여운 인간이 불쑥 이 세상에 나타난 것이 여전히 놀라워, 하염없이 잠든 얼굴을 보고 있었던 일. 작은 손을 살며시 만졌던 일.

그날부터 몸 어딘가는 항상 갓난아기 몸과 붙어 있었다.

그러다 걷기 시작하고부터는 늘 손을 잡고 있었다.

잘 때는 마침 내 손에 닿는 그의 종아리를 만지며 잠들었다. 열이 나거나 밤중에 일어나더라도 바로 알 수 있도록 어딘가에 손을 대고 있었다.

마치 작은 둥지 속 어미 새와 아기 새처럼, 늘 들러붙어 있었다.

나는 그를 모유로 키웠기 때문에 원숭이처럼 언제든 젖을 줄 수 있었고, 원숭이 모자처럼 들러붙어 있었다.

세상 사람들이 "며칠을 두고 얼마나 우는데." 하거나 "젖 달라고 쫓아온다니까." 하면서 젖을 떼기가 쉽지 않다고 해서 각오하고 있었다.

하지만 그런 일은 전혀 없었다.

약간 값이 비싼 이유용 우유를 사다 먹였을 때 일이다.

나는 분유를 거의 먹이지 않았다. 아이가 잘 먹지 않았기 때문이다. 그런데 그 비싸고 진한 우유는 상당히 맛있었나 보다.

그는 분유병 하나를 꿀꺽꿀꺽 다 마시고는, 좀 더 마시고 싶다는 표정을 보였다. 그리고 배가 고파지면 그 통을 찾아서 내 앞에 갖다 놓았다.

그렇게 참 간단하게 젖을 떼었다.

엄마의 묽은 젖은 이제 필요 없어, 슬슬 뭔가 다른 것을 먹을 거야, 그런 의욕이 철철 넘쳐흐르는 듯했다.

그만 얼이 빠졌지만, 서운하지는 않았다.

인생에서 첫 '자신이 누군가의 먹거리'인 시기를 졸업해서 편해졌고, 아낌없이 주었기 때문에 피차가 자연스럽게 떨어질 수 있었던 것이라고 생각한다.

그런데도 나는 역시나, 어린아이가 늘 옆에 있던 나날의 추억으로 내 마음을 어루만지고 있다.

손을 잡고 슈퍼마켓에 가면 아이가 과자나 아이스크림을 사 달라고 졸랐던 추억.

무더운 여름날이면 시장을 보고 돌아오는 길에 바에 들러 스파클링 와인을 한 잔 마셨다. 옆에는 아이. 언제나 블러드오렌지 주스를 마셨다.

그는 내가 만든 토마토 마늘 수프를 가장 좋아했다. 완숙 토마토로 만들어 새콤달콤하고 맛이 진했다.

지금도 그걸 만들면 "와, 토마토 마늘 수프 만드네, 맛있겠다." 하고 그는 말한다.

그의 인생에 새겨진 맛이리라. 그런 음식을 내가 만들 수 있었다는 것에 신비로움을 느낀다.

집에 돌아오면 나는 밥을 짓고 그 수프나 된장국을 끓이고 반찬을 만든다. 아이는 대개 지쳐서 잠이 들고, 깨우면 멍한 채로 밥을 먹는다. 그런 나날의 반복, 특별한 것은 없다. 하지만 쌓이고 쌓이면 소중한 덩어리가 된다.

어느 날, 나는 사진 한 장을 보고는 울고 말았다.

늘 함께 전철을 탔던 나와 다섯 살쯤 된 아이를 베이비시터가 찍어 준 사진이었다.

전철에서 나는 자고 있다. 잠든 내 품에 다섯 살쯤 된 아이가 딱 들러붙어 있다. 내 어깨에 얼굴을 꼭 대고, 팔에 팔을 얽고서.

이런 날은 두 번 다시 돌아오지 않는구나 생각했다.

그러고 바로 이제 다 자란 아이가 돌아와 툴툴거리고 빨랫감을 내던져 정신을 차렸지만, 그 사진을 보는 한순간 나는 그 시간 속에 있었다.

　나는 이제 혼자서 걷고, 전철을 타고, 시장을 보러 간다. 그러나 코알라처럼, 캥거루처럼, 거추장스러우면서도 따스한 온기가 언제든 함께였던 날들은 분명히 있었다.

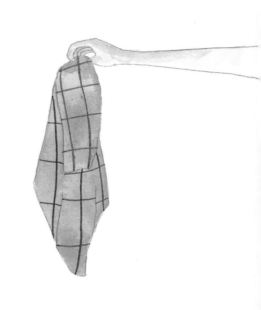

우리 집 근처에 '타피야'라는 타피오카 가게가 있다.

우리 아이는 그 가게가 문을 열었을 때부터 5년 동안, 하루가 멀다 하고 그곳을 드나들었다. 학교에서 집으로 돌아오는 그는 언제나 한 손에 타피오카 음료를 들고 있었다. 보통의 세 배쯤 되는 블랙타피오카에 콜라를 넣은 음료를 그는 가장 좋아했다.

거의 매일 가는 탓에 가게 주인이 그를 기억하고, 들르기 전에 문자를 보내면 미리 만들어 놓기도 하고, 사실은 여름 한정 메뉴일 콜라를 언제든 섞어 주었다.

작업실에서 일하다 보면, 그가 타피오카 음료를 쭉쭉 빠는 소리가 들려온다. 그 소리, 참 거슬리네, 하고 지금은 생각한다. 콜라를 다 마시고 나면 내가 아끼는 나무 볼에 타피오카만 담아 야금야금 먹는다.

또는 타피오카 컵을 손에 든 채 꾸벅꾸벅 졸기도 한다.

타이완에 가면 그는 항상 하루에 두 번 타피오카 음료를 먹는다. 밤에는 선초 젤리와 애옥자를 넣어서. 떡이나 콩 종류를 일체 넣지 않고, 딱 그 두 가지만 넣는다.

그런데도 그는 이렇게 말한다.

"역시 식감하며 맛이, 타피야의 타피오카가 최고야."

애써 타이완까지 왔는데, 싶어서 나는 실망하지만 밤의 길거리로 비죽 튀어나온 의자에 앉아 땀을 흘리면서 선초 젤리와 애옥자를 먹었던 추억이 아직도 가슴 가득하다.

아직까지는 그가 타피오카를 한 손에 들고 내가 사는 집으로 반드시 돌아온다.

그리고 함께 타이완을 여행하며 선초 젤리와 애옥자와 타피오카 순례를 하고 있다.

하지만 내 주변을 늘 맴돌던 그 어린아이가 지금은 어디에도 없는 것처럼, 언제든 엄마가 제일 좋다면서 잡아 주던 손을 이제는 창피하다면서 잡아 주지 않는 것처럼.

사랑은 변함없이 여기 있어도, 형태는 달라지는 것이라고 생각한다.

그리고 나는 그가 없는 집에서 저녁때가 되었는데도 타피오카 음료를 쭉쭉 빠는 소리가 들리지 않는 것을 깨닫게 되리라.

그때 후련할지, 허전할지, 전혀 알 수 없다. 다만 삶이 지나가는 과정을 애틋하게 여기리란 것은 분명하리라.

남편이 건강하면, 그리운 날들을 고요히 품에 안고서 둘이 밥을 먹으리라. 그 관계는 아이가 있었던 날들을 공유한 두 사람만의 확고한 끈이다.

저녁 하늘을 올려다보며 이제 그 아이가 슬슬 돌아올 때인가 생각하고, 오늘도 무탈하게 집으로 돌아오면 아무 것도 필요치 않다고 생각한다.

그런 것이 부모다.

아버지도 마지못해 저녁을 지으면서, 이제 집으로 돌아올 나를 그렇게 생각해 주었을까. 그런 생각을 하면 가슴이 벅차오른다. 친구와 재미나게 노느라 밖에서 저녁 먹겠다고 하는 전화도, 데이트를 하다 늦게 들어가는 밤도, 대를 이어가며 반복되는 것이리라.

아직은 꿈을 꾸고 싶다.

채 5년도 가지 않을 꿈을.

아직 아이인 그가 매일 집에 돌아오는 날들. 하지만 카운트다운은 시작되었다. 처음 그가 유치원에 갔던 날부터 시작된, 아이를 기다리는 엄마의 저녁날들.

옛날로 돌아가고 싶은 생각은 없다. 무엇과도 바꿀 수 없는 성장의 나날을 하루하루 곱씹어 왔기 때문이다. 생일마다 갔던 친절한 아저씨 부부가 하는 피자 가게, 쿨한 오빠가 하는 유기농 와인과 포 가게, 마치 친척처럼 교류했던 야키니쿠 가게 사람들, 아이가 지나가면 언제나 손을 흔들어 주었던 태국 요리 가게 셰프 언니, 늘 들러서 마메칸을 먹는 세련된 카페의, 요즘은 아이 혼자 가도 마메칸*을 내주고 내 앞으로 달아 주는 배려 깊은 주인. 그리고 예의 타피오카 가게. 그런 추억이 가득한 이 거리는 그의 고향이며 더불어 내 육아의 역사이다.

* 마메칸 콩이 메인인 디저트로 한천과 팥앙금이 들어 있다.

언젠가 그 가게들이 없어져도, 그리고 내가 나이 들어 토마토 마늘 수프를 만들 수 없게 되어도, 그 기억은 우주에 새겨져 있으리라고 생각한다.

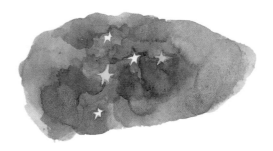

네가 연인과 먹는 밥이, 언젠가 '가족'이 먹는 밥이 되기를.

그리고 그 축적이 둘도 없는 지층이 되어 너의 인생을 빚어 가기를. 가능하면 그 인생이 행복하기를.

촛불을 밝히고 맥주나 와인을 마시면서, 저물어 가는 하늘을 바라보며 늘 똑같은 사람들과 먹는 저녁 메뉴를 생각하는 순간의 행복은, 인생의 수많은 행복 중에서도 상당히 큰 것이라고 생각한다. 그러나 그 행복도, 식탁에 둘러앉은 가족을 사랑하기에 가능한 일이다. 그런 사랑이 너의 세계에 있기를.

며칠 전 타이베이에서 태풍이 올라오는 밤에, 싱글들이 모여 와인을 마시면서 랍스터를 우걱우걱 먹는 광경을 보았다.

　바람이 횡횡 불고, 가로수가 휘청휘청 흔들렸다.

　이제 힘겨운 밤이 올 테니까, 아직 레스토랑이 열려 있는 지금 먹어 두자는 마음은 모두가 똑같았다.

　그 사람들은 시끌벅적하게 웃고 있었지만, 집에 돌아가 혼자가 되는 시간을 두려워하는 것처럼 보이기도 했다. 싱글, 또는 혼자 살 때만 가능한 고독과 화려함.

그런 화려함과 행복도, 옆에서 생햄과 에쉬레 버터와 빵만 잔뜩 먹었던 소박한 우리 가족의 행복도, 어느 쪽이든 너의 인생을 그때그때 채색할 수 있기를.

　인생은 한 번밖에 없으니 가능하면 행복한 편이 좋다. 가능하면 사랑하는 사람과, 맛있게 먹는 편이 좋다.

후기

　일러스트레이터 수피 씨를 처음 봤을 때, 이 사람은 좋은 그림을 그리겠구나 하고 생각했다. 그리고 그 생각대로였다. 그녀의 취재 능력은 어마어마했다. 모든 것을 자신의 그림에 꼼꼼히 담기 위해 혼자 일본에 취재를 와서, 여러 곳을 훌쩍 훌쩍 찾아다녔다.

　그런데 그녀는 사실 혼자도 가벼운 몸도 아니었다. 배 속에 아기가 있는 몸이었다. 이 책이 완성되었을 때, 수피 씨가 참석해 준 것도 기뻤다. 그 무렵에는 배가 커다랬다. 모든 과정이 운명적이고 자연스러운 흐름이었다고 생각한다.

　외국에서 먼저 책을 출판하기는 처음이다. 여러 가지 차이점이 많아 놀랐지만 화기애애하게 책 한 권을 만들어 가는 분위기, 정말 즐거웠다.

일본판을 내자고 제안해 준 겐토샤의 쓰보이 마도카 씨, 감사합니다. 쓰보이 씨도 어린 아들이 있어, 한창 애틋하고 행복한 나날.

아이가 엄마 곁을 떠나지 않는 시간은 눈 깜짝할 사이에 지나가 아들도 고등학생이 되었지만, 둘이 나누는 눈길 속에, 맞잡는 손 안에, 그 무렵이 담겨 있다.

아주 조금이지만, 깊이깊이 담겨 있다.

그래서 인생은 참 멋지다고 생각한다. 허망한 것은 무엇 하나 없다.

요시모토 바나나

옮긴이 김난주

1987년 쇼와 여자대학에서 일본 근대문학 석사 학위를 취득했고, 이후 오오쓰마
여자대학과 도쿄 대학에서 일본 근대문학을 연구했다. 현재 대표적인 일본 문학 전문
번역가로 활동하며 다수의 일본 문학 및 베스트셀러 작품을 번역했다.
옮긴 책으로 무라카미 하루키의『바람의 노래를 들어라』,『포트레이트 인 재즈』,
『코끼리 공장의 해피엔드』,『밸런타인데이의 무말랭이』,『세일러복을 입은 연필』,
『해 뜨는 나라의 공장』,『쿨하고 와일드한 백일몽』,『태엽 감는 새 연대기』,『세계의 끝과
하드보일드 원더랜드』와 요시모토 바나나의『키친』,『하드보일드 하드럭』,『막다른
골목의 추억』,『서커스 나이트』,『주주』,『새들』,『시모키타자와에 대하여』 등과
『겐지 이야기』,『모래의 여자』,『기린의 날개』,『천공의 벌』 등이 있다.

애틋하고 행복한 타피오카의 꿈

1판 1쇄 찍음 2024년 1월 17일
1판 1쇄 펴냄 2024년 1월 26일

지은이   요시모토 바나나
그린이   수피 탕
옮긴이   김난주
발행인   박근섭·박상준
펴낸곳   (주)민음사

출판등록   1966. 5. 19. 제16-490호
주소   서울특별시 강남구 도산대로1길 62(신사동)
           강남출판문화센터 5층 (우편번호 06027)
대표전화   02-515-2000 | 팩시밀리 02-515-2007
홈페이지   www.minumsa.com

ISBN   978-89-374-5622-0 (03800)

* 잘못 만들어진 책은 구입처에서 교환해 드립니다.

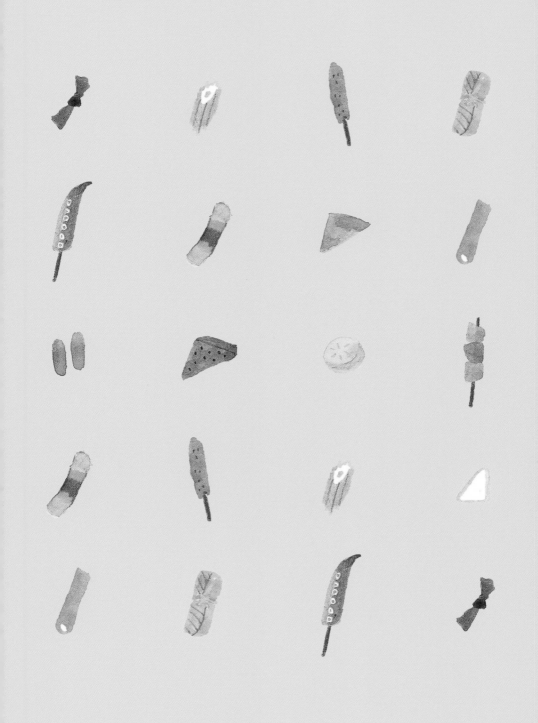

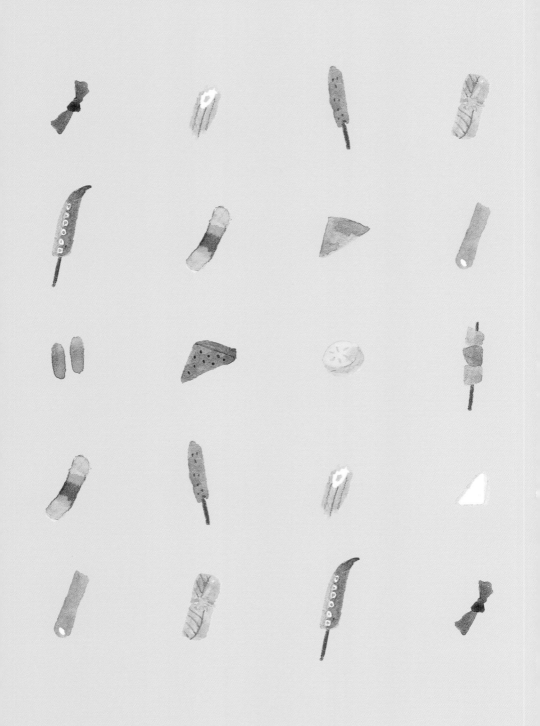